KB153889

인향문단 시선

바람의
여행

# 이서연

경상남도 울산에서 출생하였다. 철부지 시절, 어린 마음속에 움트는 꿈은 주체할 수 없었다. 걸음마를 배우며, 또 세상에서 늘 새로운 걸음마를 배우며 내 자신이 신기하게 쓰러지지 않는 것에 대한 환희의 꿈을 꾸었다. 언제나 '이렇게 일어서 걸을 수 있다'라는 생각을 했다. 한발, 한발 발걸음 옮길 때마다 하고픈 수많은 말들, 억누르지 못한 채 흉내를 내며 한 자, 한 자씩 익힌 글이 나를 세워놓고 더 멀리 갈 수 있게 내 안의 열정이 되었다.
대한문학세계 시 부문으로 등단하였고 대한창작문예대학 7기를 수료하였다. 대한창작문예대학 졸업 작품 경연대회 동상과 한줄 시 짓기 공모전에서 장려상(2017)을 수상하였고 한국문학 신인상(2017.12.16)도 수상하였다. 창작문학예술인 협의회 주관 시낭송가 교육과정을 수료하였고 시 자연을 읊다 CD(소리로 듣는 멀티 감성집)에 참여하였다. 공저로는 대한창작문예대학 졸업 작품 [비포장길]과 [현대시를 대표하는 명인명시 특선시인선]이 있으며 동인지 [수평선 저 너머에는]과 [달빛 속을 거닐다]가 있다.

인향문단 시선 002
이서연 창작시집
## 바람의 여행

초판 인쇄일 2018년 8월 15일
초판 발행일 2018년 8월 15일

**지은이** 이서연
**펴낸이** 장문정
**펴낸곳** 도서출판 그림책
**디자인** 토마토
**출판등록** 제2010-000001
**주소** 경기도 수원시 영통구 이의동 웰빙타운로 70
**연락처** TEL(010)2676-9912
E-mail khbang21@naver.com

바람의

여행

## 바람의 여행을 펴내며

철부지 시절, 어린 마음속에 움트는 꿈은 주체할 수 없었다.

걸음마를 배우며, 또 세상에서 늘 새로운 걸음마를 배우며

내 자신이 신기하게 쓰러지지 않는 것에 대한 환희의 꿈을 꾸었다.

언제나 '이렇게 일어서 걸을 수 있다'라는 생각을 했다.

한 발, 한 발 발걸음 옮길 때마다 하고픈 수많은 말들,

억누르지 못한 채 흉내를 내며

한 자, 한 자씩 익힌 글이

나를 세워놓고 더 멀리 갈 수 있게 내 안의 열정이 되었다.


이쯤에서 차분히 마음을 가라앉히며

지친 나를 토닥여 위로해본다.

참 많이도 걸어왔다

걸어온 발걸음만큼이나

내 안에 쌓여있는 것을 하나씩 꺼내 글을 써본다.

뒤뚱거리며 걸음마 배우는 어린 아기처럼……

누군가는 왜 나에게 그 나이에 시를 쓰냐고 묻겠지만
나는 감히 말하고 싶다
나는 '나를 여기에 남기려 한다.'

많은 날 힘들고 어렵고 혼자서 울어야 했던 사연들을
한 자, 한 자 써보려 한다.
훗날 나에게 좋은 선물을 주고 싶고
그런 나는 겸허한 마음으로
감사하는 깊은 마음을
내 삶이 끝나는 날까지 가져가려 한다.

- 이서연

바람의 여행

# CONTENTS

인간은 사랑을 할때 누구나 시인이다.

- 플라톤

바람의
여행

# 열정

오래도록 잠든 마음속에 열정이
서서히 깨어난다
억누르고 달래고 토닥여 살아온 시간
피워야 할 몽우리는 정지된 채
세월을 보냈고
이제라도 피워보고 싶은데
따뜻한 햇볕이 목마르게 부족하다

피워보지 못한 몽우리 피워
활짝 웃고 나비와 벌이 함께하고
기쁨과 즐거움에 향기 바람 타고
멀리 날고 싶은 마음
갈증으로 시달린다

삶의 꽃을 피워 씨앗을 받았건만
생의 아름다운 꽃은 피워 보질 못한 채 잠들어 있어
향기 짙게 피우고 싶은 마음
굳게 닫힌 마음속에
문과 사슬 끊고 나와 피우고만 싶다

# 억새 1

젊어 푸르른 치맛자락 흔들며
어린 고아들 키워온 나의 반평생
비가 오면 비를 피하려 매달리고
밤이면 품에 매달려 함께한 자식들 모양새는 다르지만
모두 사랑스럽기만 하다

산 아래 풍경은 아름답고 고요하다
내려가 함께할 수도 없는 일
함께 한 자식 들길 떠난 지 오래고
부는 바람 앞을 가로막아 이리저리 피하며 바라보건만
바람은 나를 흔들어 춤춘다며 좋아한다

모두 떠난 산천엔 앙상한 몸으로 쓸쓸하게
긴 겨울 보낸다

매달려 춤추고 자란 자식들 떠난 지 오래고
기력 없이 바삭바삭 마른기침 소리를 내며
양지쪽 햇볕 품에 행여나 찾아주려나
기다림에 지쳐 하얗게 빛바랜 채 잠이 들었다

## 소중한 인연

누군가는 작은 것도 귀하게 오래도록 간직하며
아주 소중하게 간직한다

누군가는 귀한 것이지만 권태 되어
시간이 갈수록 버리고 싶어만 한다
소중하다는 걸 느끼지 못하고
애물단지가 되어 새로운 무엇을 추구한다

모든 인연이란
처음과 끝이 소중하고 귀중해야 하는 것이지만
처음의 그 귀함과 소중함이 필요치 않기에
소모품 되어 버려야 하는
광고물 팸플릿처럼 생각을 한다

필요하면 주워서 다시 보고
휴지통이나 쓰레기로 버리듯이
소중함을 알지 못하고
인연도 이제는 광고 전단처럼 생각한다

## 소녀야

검정 교복에 하얀 카라(collar)
단발머리 소녀야

치맛자락 나부끼며
하얀 이빨 드러내
웃던 소녀야

흑백 사진 유난히
뽀얗게 아름다운 소녀야

지금은 잔주름이 자글자글해도
흑백소녀 그때처럼
아름답게 늙어 가자꾸나

## 솔잎에 하얀 면사포

하얀 눈은 내린다
시끄럽지 않게
조용히 사뿐히 내린다

소나무 솔잎에 찔리면서 내려앉은
새 하얀 면사포
햇볕은 녹여 흐느끼며 울어 흐르게 하고
바람은 흔들어 떨어트리고
날려 버리려 애쓴다

소나무 위 솔잎에 내려앉은
하얀 면사포는 결혼행진곡
피아노 연주를 듣지도 못한 채
벗겨져 버린다

# 미운 사랑

항상 곁에 있어
그 소중함을 잊어버린 채
으레 신랑은 곁에 있는 사람이라
생각했네요

오늘따라 유난히
신랑 모습이 빛이 나고
멋지기만 하네요

항상 곁에 있어
그런 줄로만 알았는데
이리도 멋진
소중하게 느껴지는 건 왜일까요

슬그머니 신랑 팔짱을 껴봅니다
쑥스럽지만 당신 팔짱 끼는 순간
뭉클하네요

풍채는 작지만, 신랑
그래도 좋아요.
늘 고맙고 사랑합니다
나의 소중한 신랑

# 군불

차다찬 동짓달 길고 긴 겨울밤
지나던 바람 검은 입안에 모여들어 몸을 녹이고

싸늘하게 식어버린 입안에
냉기만 돌고 이불은 들썩거려
이리저리 뒤척이며 따듯한 곳을 찾는다

불쏘시개 마른 장작 딱딱
새벽을 깨우며 일출이 뜬다

용광로 같은 불길에 입안은 온통 붉게 변하고
꼼지락거리며 뭉쳐 뒹굴던 덩어리도
멈춘 채 미동 없다

# 다듬이 소리

하얀 구름 흘러가다 피곤하여
지붕 위에 잠시 쉬었다 가려
깊은 밤 내려 잠이 들었나 보다

꽁꽁 언 몸 녹이려 부둥켜안고 아침 늦도록 잠이 들고
아침해, 그 모습 하도 아름다워
따듯하게 더 자라며 입김 불어 주자
솜사탕처럼 녹아 흐른다

우당탕, 우당탕
녹아떨어지는 소리 함석지붕 위 요란하고
추녀 끝에 떨어지는 낙수 물소리
다듬이 소리같이 들린다

# 탈모

상자 안에 뻗어 나온 예쁜 손 지나쳐도
엄살떨며 피한다
손톱 같은 잎새에 맺힌 이슬
떨어질까 바둥대는 모습 귀엽다

봄볕에 자란 머리 하나둘 뽑혀나가고 대머리 되어
피도 나질 않는 채
개미구멍 되어 볼품없다

탈모 된 상자에 머리털은
또 다른 대머리에 이식되어 자라나겠지만
다 뽑힌 머리 상자엔
구멍만 입 벌린 채 쳐다본다

# 친구

앳띤 모습 군데군데 남아있는
저녁 해
서산마루 걸터앉아 서성인다

탈곡에 깨알 튀어나가듯 멀리 떠났던 그리움
파인 골에 모여 희미한 렌즈
닦으며 마주 본다

렌즈 속 기억 더듬어 회상하며
맑은 샘물은 터져 흐르고
떨어지는 물소리 고여
함께 어울려 잠든다

곱게 물든 석양 젖은 채
어둠은 덮어 재운다

## 굴뚝

검은 입 배고파 입 벌리면
지게가 가져 온 먹잇감 먹여주는
두꺼비 같은 손은 고단하다

한 입 가득 불 지피면
빨려 들듯 타들어가 소화시키며
이빨도 없이 잘도 씹어 먹는다

깊게 팬 구릿빛에
텅빈 채 장승처럼 우뚝 서서
헛기침으로 내뱉으며 구름 되어
허공에 맴돌다 사라진다

# 고추

만삭이 된 어미는 어린 자식 잉태하고
작은 실 같은 발 내디뎌 자란다

예쁘게도 자란 딸
작은집에 나와 시집을 가네
길고 작은 언덕 위에 보금자리
팔 벌려 하얀 부케 들고 유혹한다

찌는 듯한 더위 산달에 태어난 자식들
잘도 자란다

아파하며 죽기도 하지만
예쁘게 자란 자식들
작은 칭찬에 얼굴 붉히며
어미 품 떠날 채비한다

## 쇠스랑

고꾸라지듯이 고된 노동에
허연 이빨 드러내며
흙 속을 뒤지며 살았다

일말의 양심이 있었는가
헛간에 처박혀
시린 이빨 얼어 벌겋게 피를 흘려 지내온 참담한 시간
차라리 언 땅이래도 씹어 먹는 게
낫겠다는 간절함이 다가왔다

몸을 풀며 여기저기 물어뜯어 본다
돌에 씹힌 이빨은 시리기만 하지만
그래도 행복하기만 하다

## 장화

아직은 덮어줘야 지탱이 되고
아침에는 낯설다
한낮에 포근함 몸마저 꿈틀거리고 밖으로 나가라 한다

뒷짐 지고 밭둑을 천천히 걸어본다
나와 닮은 잡초는 급하게도 애를 쓰며 나오려 몸부림치고
겨우내 추워 떨던 흙
내 발에 달라붙어 떨어지지 않으려 한다

아직은 가끔 싸늘하지만
얼었던 땅은 녹고 봄이 와 있었다
한 발, 두 발 옮길 때마다
신발 벗기려 하며 따뜻한 온기 그리워
발등으로 올라오는 질척한 흙
떼어내려 애써본다

봄바람은 툭툭 건드리며 부추긴다
봄을 싣고 시작하려 해보자
붉은 성곽에 오르지 못하는 흙들은
오르고 오르다 떨어져 나뒹군다

# 비

왕왕 소리 지르며
떨어지는 빗줄기 땅에 떨어질 때
뜀박질하며 펄쩍 펄쩍 잘도 뛴다

국수공장 국숫발 뽑혀 나오는 빗줄기
헤아리고 헤아리다 잊어버리지만
그래도 눈은 바쁘게 움직여
쫓아다니며 헤아린다

잠든 초목 깨어나고 얼은 땅은 녹여주지만
마음속에 내리던 비는 추녀 물 따라
떨어져 감춘다

# 봄볕

햇살에
젖멍울 딱딱한 가슴에 단잠 자던 나무눈을 뜨려
더듬더듬 빨아먹는다

질척한 젖가슴에 흐르는 땀
초목은 깨우려 애를 쓰고
음지에 숨어있던 잔설은 오갈 데 없어
울어 흐르고
젖은 낙엽 봄볕에 몸 말리려
분주하기만 하다

양지쪽엔 아지랑이 피어 머리 풀어 오르고
성급한 농부는 빈 그릇 들여다보며
강변에 고니 먹이 찾는 듯 하다

이 봄은 또 무엇을 피워 영글게 하려나
가슴속에 담아도 씨앗도 싹을 틔우려하나
조심스레 손 대여 느껴본다

## 보름

예전이나 지금이나 보름은 변한 거 없이
여전히 둥근 휘영청 밝은 달 떠오른다

긴긴밤 길쌈에 광주리 채우도록 삶아 놓으라
잠자면 눈썹 하얗게 샌다던
그 엄마에 엄마의 고단함이 변했나 보다

갈 수만 있다면 그 엄마의 품
대보름 나물 오곡밥 먹으러 가고 싶지만
이제는 나도 또 다른 누구의 엄마이고
그 엄마의 추억과 기억을 넘기며 생각하는지 모르겠다

문밖에 불깡통 돌리는 동네 개구쟁이들
논둑 넘어 뛰어다니며
불빛 도깨비들의 춤추던 모습 보이는 듯 하다

## 기억속의 그림자

휘영청 밝은 달빛 창문 열고 들어와
잠 못 이루는 긴 밤
육신 심란하게 한다

강물은 추워 움츠리고
달빛에 어리는 강물
조명처럼 빛난다

잠 못 이루는 이 밤에
무엇이 그리도 얽매여 있기에
소나무 가지에 걸린 달
바람은 흔들지만 꼼짝하지도 않는다

저 달은 주인 없지만 누구나 가질 수 있고
품을 수는 없나 보다

기억의 실체도
가질 수는 있지만 품을 수가 없어
밤의 그림자 바람에 흔들린다

# 3월의 아침

2월을 배웅하고
3월의 새 주인 이사 들어와
여기저기 대청소에 바쁘다

텃밭 양지쪽엔
3월의 초록의 수행원들 자리하며 보초를 서 있다

새로 부임한 3월은 얼마나 많은 기쁨과 즐거움으로
행복을 심어놓고 가려나

또 다른 만남에 다리를 놓으려나

# 봄 선물

양지바른 나무 밑에
떨어져 쌓인 낙엽 속
꿈틀 꿈틀
땅을 머리에 이고
봄은 잠에서 깨어나 일어나려 한다

연초록 새싹 낙엽 이불을 덮고
아무도 모르게 살며시 나오고
잠든 사이 아름다움 선물 준비해
기다린다

마른 가지 잠들었던 눈 뜨려 애를
쓰고 여드름 나면서 사랑을 하려
볼록볼록하게 튀어나온다
엉금엉금 기어오르는 물줄기
마른 가지 간지러워
감은 눈 번쩍 뜨고 아름다운 새싹 태어나
응석을 부린다

# 밤에 피는 꽃

아침 안개 자욱이 커튼을 쳐서
꽃을 감추려 한다
안개 속에 핀 꽃 촉촉이 젖어
옷도 걸치지 않고 벌거벗은 채
물끄러미 쳐다본다

안개 사라지고
아침해 환하게 밝히니
당황한 꽃 감추려 애를 쓴다
하루해는 짓궂게 비춰 즐기지만
물방울 흘러내리는 꽃
꼼짝을 하지 못한다

서산에 지는 해 사랑 고백하지 못 한 채 넘어가고
가녀린 꽃 어깨 들먹이며 수치스러움에 흐느껴 운다
달래주는 이는 밤이슬뿐이고
흐르는 눈물 이슬은 닦아주며
포근히 안아 잠재운다

# 솔바람비

눈보라 칼바람 맞으며
시린 아픔 이겨내니 서풍은
하나둘 데리고 간다

아픔을 견디며
하나둘 잡은 손 놓고 떠나보내는 비정한 모정
바람은 벌써 문밖에서 빙빙 돌며
재촉에 떨어지는 슬픈 노랫소리

사각사각

그 품을 떠날 수 없어
슬픔의 노래
발밑에 잠들어 온기 받아
긴 잠 속에 고단함을 쉰다

# 억새 2

계곡 아래 양지
빛바래 너덜거리는 무명옷 걸치고
기력 다하여 흰머리 날리며
잔솔 울타리 밖 내다보는 두 눈 초점 잃어
희미해진지 오래다

길을 잃은 구름이었나
오르고 오르다 지쳐 자리하고
터를 잡아 향수에 젖어 불어오는 바람
붙잡아 애원하는 모습 애처롭다

산 아래 내다보고 춤을 추며
함께하던 당신은 누구였나요
한순간 눈을 멀게 하고
그렇게 홀연히 남겨둔 채 길 떠난
당신은 누구였냐고 소리쳐본다

춘설에 복수초는 문밖 문패 되어 주련만
떠났던 당신은 오시려는가요
주저앉아 잠들면
낙엽 이불 덮어 묻어 달라 바람에 부탁한다

# 갯바위

검버섯 피어있는 까무잡잡한 얼굴
갯바람에 그을린 모습 앉아서
먼 하늘만 바라보고 있다

밤새 졸며
별 올려다보며 감기는 눈
포근한 하얀 솜이불 덮어 재워준다

아침 해 깨우는 귓속말에
기지개켜며 돌아앉아
가랑이에 끼운 장송(長松) 흔들어 깨운다

지나는 고라니 잠시 그 무릎에 앉아 쉬어가고
길 떠난 기러기 쉬었다가는 곳
얼었던 몸 녹아 잠들면
누가 와서 쉬었다 가려나
무거운 엉덩이 일어나질 못한 채
산 아래 바라만 본다

# 색동 고무신

고운 분칠에 매화꽃 같은 아름다움에
댕기 머리 리본은 대롱대며
고양이 꼬리 되어 움직인다

감나무에 앉아 노래하는 까치설빔에
부풀어 꼬리 흔들며 엉덩이 씰룩거린다

하얀 동산은 길옆에 생겨나고
마당 곁에 우뚝 서 바람 막아주고
볏단에 가마니 등을 내어주니
고운 선녀 색동 고무신 쪽배 되어 은하수 항해하네

옷고름 연 날리듯 휘날리는 설빔
곱디고운 처녀는
한쪽 곁에 앉아서 이야기책 읽듯이 회상한다

# 울음소리

지붕 위에 펴놓은 목화솜
취중에 오줌 싸 감추려
핫바지 덮어 늦잠에 해는 중천에 내려 보고 기겁해
밤새도록 시린 몸 말 못 할 사연
사무침에 슬퍼 울고 있나 보다

매달린 하얗던 눈곱
흐르는 물 따라 땅에 곤두박질쳐 아파하며 소리치고
바닥에 엎드려 흐느끼며 들먹인다

밤바람 차가운데
솜바지 젖어 엉거주춤
목 뺀 거북이 기어 내려오고
우당탕 소리에 놀라
수도꼭지 되어 적신다

## 녹지 않는 눈

바람은 잠자는 바다 때려 울리고
화가 난 바다 성난 파도 일으키며
요동쳐 바람 쫓아간다

도망하는 심술궂은 바람
모래 날려 쌓으며 햇볕 쨍쨍한 날에
소복한 눈 언덕 만들어놓고
좋아 어쩔 줄 모른다

백사장에 하얀 모래 모두 벗겨
알몸이 되고 쌓인 모래언덕
하얀 눈 쌓인 듯 햇빛에 눈이 부시다

## 펌프 물

고운 손, 한 쪽 팔 잡고
마중물 한 바가지 부으며
열심히 노 젓듯 하는 얼굴엔
미소 가득 담겨 뚝뚝 떨어진다

새댁에 앞치마 나풀나풀 흔들리며
엉덩이는 치마를 들썩이느라 분주하다

퍼 올린 맑은 물 은빛으로
꽐꽐 쏟아질 때 방울방울
구슬 같은 물방울 톡톡 터지며 도망친다
외다리에 벌린 입 넘치게 퍼 올리는
새댁에 분 냄새
박새 다가와 찍찍거리며
펌프질할 때마다
꼬리 내렸다 올렸다 따라 한다

# 대나무

사계절 푸르름을 어찌 장송뿐이랴
어찌 홀로 푸른 자태 빛나려 하나
겉 푸르고 속이 차 있지만 태풍에
뿌리째 뽑혀 쓰러질 것을
수십 자 길고 긴 곧은 줄기 휠 줄 모르고
푸른 모양새 노송에 비하리
쓰러지길 거부한 채
곧은 절개 속이 비었다한들
그 흐트러짐 없음은 노송에 비할 바 아니다

사각사각 소리 내어 부르는 노래는
내가 부르는 소리가 아니고
지나던 바람이
소리 내며 가는 노랫소리인 걸

백설에 얼지 않고 계절에 시들지 않고
변하길 거부한 채 있는 걸 모른다 하지 말아라

너 또한 변하는 걸
어찌 나를 비하려 하는지 슬플 뿐이다

## 한파

치맛자락 붙잡고 들락거리며
치마 속으로 들어가 몸 녹이고
답답하면 밖으로 나와서 노닐고 걷는 발걸음 따라간다

한걸음 옮길 때마다
불어 일으키는 바람은 발밑에 회오리쳐 모두 날아가고
치맛자락 쓸고 간 자리 카펫 깔아놓은 듯하다

얼어붙은 발걸음마저
움직이려 하질 않고
벌겋게 얼은 모양새 초라하기만 하다

# 동장군

차가운 바람아 소리 내지 말고
불어 지나가거라
우당탕, 우당탕
모든 것을 때리며 시리고 아프게 얼려놓으려 하며
지나가는 네가 야속하기만 하다

알몸에 빈 가지 시린 몸
어린 자식 얼지 않게 하려 등지고 바람 피해
따뜻한 햇볕 받으려 애쓰는 모습
눈물겹기만 하다

꽁꽁 언 얼음장 터널 밑에 연주 소리 멈춘 지 오래고
투명 유리 개울 덮어 햇볕 동냥하는 모습
가련하기만 하다
예쁜 강아지 얼은 채 짖지도 못하고
가녀린 몸 벌겋게 얼어 위태롭게 흔들거리며 졸고만 있다

# 돌탑

올망졸망 아름다운 너의 눈을 마주치며
품에 안아 조심스레 앉혀놓고
마주 보며 웃는다

생김새도 제각기 다른 예쁜 자식 같은
그 모습 뭉텅하지만 흐트러짐 없는 모습들은
믿음이 가고 한껏 힘이 넘치기도 하다

지나던 바람도
잠시 발걸음 멈추고
정성이 가득 담긴 모습에 머물다 간다

마음속에 염원 담아 하나둘 쌓여갈 때
행복해하는 모습에
나는 더없이 기쁘고 즐겁기만 하다

## 꾸지뽕

바람 불고 추워 가지마다 흔들어
젖 떼어 보내듯

하나둘 떨어지는
낙엽

애를 쓰며 매달려도
지나던 바람 다시 돌아와
흔들어 떨어트리려 애는 쓴다

붉은 입술처럼
몽실몽실한 아름다움

하얀 젖을 물려
달래어주고 바람 피해
품에 안기려 내민 손에 안기는
사랑스러운 너의 아름다움

여인의 젖망울
찬바람도 녹이는
모성의 젖줄

## 묻어둔 마음

바쁘다고 바라보지도 않았던
자그마한 어린 나무
사랑스럽고 예뻐서 곁에 두려
눈에 잘 띄는 곳에
정성 들여 자리 만들어줬다

그리 오랜 시간 흐른 것 같진 않은데
너는 어느새 훌쩍 자라서 날 내려다보고 있었구나
벌거벗은 널 무심코 바라보니
내 맘이 시린 건 왜인지 모르겠다

내 마음을 작은 소망 함께 심으며 함께하길 바랐건만
이제는 훌쩍 자라 내가 기댈 만큼이 되었고
여름날엔 그늘이 되어줄 수도 있으니
그 동안 나의 마음은 자라지 못한 채 그대로 있었구나
내 마음 네게 준 것이 며칠 된 것만 같은데
잠을 자고 있었던 것만 같다

차가운 겨울이 잠들어
포근한 봄이 오면 너 또한 나를 바라보고 있겠지만
또 나는 널 스쳐 시간을 허비할 것만 같다

## 갈매기

찬바람 두 뺨을 때려 아리게 하지만
파도는 일렁이지 않고 잔잔하게 잠이 들어있다

말라붙어 생을 다한 갈잎을 날려 바다에 던져놓고
도망하는 바람 물에 젖은 마른 잎 덜덜 떨고 있다

꽁꽁 언 갈매기
양말도 신지 않고 벌겋게 된 발가락 오그린 채
털 속에 교대로 발 녹이며
충혈된 눈 지그시 감아
갯바위에 졸고 있는 머리 바람은
걷어차고 달아난다

## 계절의 변화

세월은 말을 하지 않고
탈색되어가는 걸 무언으로
암시해 주며 속이고 검게 만든다

냉정하고 초라한 계절
벌거벗은 초목 가엾고 미안하여
하얀 옷을 입혀 놓고 흐뭇해한다

심통난 해는 뜨거운 입김으로 울려놓고
바람은 달래어 흘린 눈물 말린다
앙상한 가지는 파르르 떨고
세월은 또 다른 계절 보내 토닥여줄 것이다

## 겨울 바다

지난 여름에 껍데기들은 출렁이며
요동치고 갯바위에 머리 박아
소리쳐 운다

매서운 바다는 펄럭이며
잠을 재우려 하질 않은 채
바람 일으켜 울리는 게 야속하기만 하다

흔적에 차갑고 시린 뼈다귀는
엎어진 채 울렁이며 흐느껴 울고
토닥이며 달래는 파도
밤을 새워 서성이며 재워준다

갈증에 시원했던 지난 여름은
왜 이리 시리고 아리기만 한지
갯바위에 흐르는 눈물 닦아본다

# 겨울바람 1

바람아 불지 마라!
마음조차 차갑게 얼어
혼자서 힘들어하며 운단다

바람아 불지 마라!
창틈으로 몰래 들어와
어깨에 걸터앉아 짓누르면
뼛속까지 시리고 아프단다

바람아 불지 마라!
네가 불어 지나가면
앙상한 빈 가지는 슬피 울며
밤새 떨어야 한단다

따듯한 온기 다 뺏어가려 말고
너의 차가고 냉정함 녹여
포근한 입김 불어
빈가지 얼은 몸 녹여나 주었으면 좋겠다

# 서리꽃

조용한 아침 창을
두드리며 가버리고

창문에 매달린
서리꽃
햇살에 놀라
눈물 흘린다

# 눈이 오면

시냇물은 찬바람 막으려
창문 두껍게 달아놓고

버드나무
솜털 이불 허리까지 덮고
실눈 뜨고 쳐다보다
끄덕끄덕 졸고 있다

나룻길도
뽀송뽀송 소복이 덮고
분주하던 사공은 침묵이다

시샘 많은 찬바람
먼발치에서 바라보다
휭하니 봄소식 놓고 간다

# 겨울바람 2

조용하게 깊어가는 밤
가로등 추워 떨고 지나는 자동차
찬바람 불고 방귀 뀌며 내달린다
별들 실눈 뜨고 졸고 있는 밤
부엉이 구슬프게 울어 댄다

전봇대는 꽁꽁 언 채 굳어버리고
덜덜거리며 한숨에 헛소리하는
개는 만사가 귀찮은가 나와 짖지 못하고
잠꼬대하는 듯 앓는 소리만 낸다

이 찬바람에 성은 무엇이고
어느 집안에서 팅기어 나온
망나니던가
전깃줄에 풀피리 불듯 울려놓고
이 밤 온몸 움츠리게 한다

가사도 곡도 없는 노래를
깊은 밤 휘파람 불어
잠 못 들게 하고 창문 두드리는 밤
왜 이리 가슴은 시리고 추운 걸까
조용히 눈을 감아본다

## .산막

산속 텅빈 산막에는
산새들 임대해 살고

흰눈 쌓인 산막에는
정적만 남아
세월도 잊은 채 잠들어있다

달빛마저 쌓여
산막에 횡하니 지나는 길손
차가움에 떨어 느리게 간다

## 꽃잎 날려 보내고

마른나무 가지에 피어난 하얀 꽃
바람은 흔들어 꽃잎 날려 보내고

한낮 따사로운 햇볕에
반짝이며 미소 짓는다

벌도 나비도 찾아주지 않는 꽃
진한 향기는 없지만
아름다움은 비교할 수가 없다

밤에만 피어나는 하얀 꽃

## 아버지의 고무신

아버지 지게 밑에 노닐다
심심하고

고무신 벗어놓고
논에 김매는 아버지
뜨거운 햇볕에
지게 밑에 앉혀놓으시고

군함만큼 큰아버지의 고무신
논가 물웅덩이
송사리, 미꾸라지, 붕어 새끼 잡아
고무신에 담고
그 모습 바라보던 아버지
빙그레 웃으시고

아버지를 뒤따라가며
고무신에 물고기 들여다보며
좋아하던 추억
그리 오래되지 않은 옛날

아버지의 고무신

## 계절

사월에 꽃도 잠들어가는 끝자락
서성이는 하루는 짧기만 한데
오월의 계절은 여왕 되어 행진해
천천히 다가온다

고운 꽃잎 바람에 날려버리고
짙어지는 초록에
옷을 입은 산촌은 아름답다

숲은 허락하지 않으려 우거지고
그 안에 또 다른 생명은
사랑하며 노래하고
둥지를 짓는다

## 약속

비가 내리면 만나요
장소는 그리 중요하지 않아요
시간도 필요하지 않아요
사계절 언제든 비가 내리면 만나요

비가 내리는 날에는 언제나 당신을
만나러 갈 거예요
당신도 비가 내리는 날에는
기다릴 거죠?

비는 당신을 대신하여 울어줄 테니
나와 만나고 헤어져도
당신은 울지 않을 테니 비가 내리면
우리 만나요

조그만 우산 밑에서 우리 만나요
봄비가 내리면
꽃비가 내리는 날에 만나요

# 밤이 잠들면

오늘 밤이 잠들면
별들은 깨어 즐겁게 노닐고
가로등도 잠든 밤을 지켜준다

고요하니 서쪽 새 울다
멋쩍어 나무 가지에서
밤의 무릎을 베고 졸고 있다

밤이 깨어날 즈음엔
안개는 커튼 드리우고
아침을 깨워 커튼을
걷는다

# 4월에 꽃을 심는다

찬바람 두 뺨 스쳐 지나고
시간 더해 갈수록 한낮엔 뜨겁기만 하다
꽃이 진 4월에 마음 심어놓으며
기뻐한다

훗날 기약 없는 흑백에 영사기 돌아가듯
그렇게 빨리 돌아가 버리겠지만
무언으로 암시를 하는 것인지도
모를 것이다

기억 속에 추억은 담겨있는데
세월 속에 노예 되어 시간의 채찍에
찢기어 살아가는
오늘에 나는 아름다움에 나를 심어놓고
행복해한다

# 집안에 떨어지는 물방울

촉촉하고 탱글탱글한
떨어지는 추녀의 물은 방 안에서 통통 튀면서 떨어진다
영롱하고 투명한 모습 젖지 않고
잘도 떨어져 튕기어 이리저리 구른다

귀여운 생김새
이보다 더한 것이 있을까
보석 중에 최고의 보석
추녀에 떨어지는 물방울 떨어져 깨지고 흘러내려 가지만
방안에 떨어져 튕기는 물방울은 깨질 줄도 모른다

맑은 영혼이 들어가서
언제나 기쁨을 주는 영롱하고 뽀얀 보석
깔깔대는 소리
귓전에 들어있고
지금은 적실 줄 모른 채 잠이 들어있다

# 빗물 따라 내 마음도 흐른다

보고파서 조심조심 구름 타고 내려왔나!

아무도 없는 텅 빈 방안엔 썰렁했고 온기마저도 집을 나간 듯
조용해 인기척 없는 보금자리
혼자서 쓸쓸하게 지킨다

바람은 몰아서 엉뚱한 곳에 버리고
거부한 나
유리창에 매달려 울며 흘러내려도
토닥여주는 이 없고
주인 떠난 텅 빈 유리창 안에
살아있는 듯함을 느끼며 흘러내린다

나도
따스함이 그립다
떨어지는 꽃잎 하나 등에 업힌 채 함께하며 달래 본다

– 세월 참으로 빠르다. 엄마와 동생 하늘나라로 떠난 지 벌써 6년이란 시간이 흘렀다 어
버이날은 가슴 아픈 날이다.

## 어머니의 손등

유년의 곱디고운 아름다운 손
이른 봄 새순보다
아름답고 곱디고운 예쁜 손

손가락 마디마다 삶의 흔적과
고단함은 굳어 붙어있고
저림과 아픔 속에서
환한 웃음으로 달래어 재우고

정작 당신에 고단함을
자식에겐 숨겨온 세월
그런 당신은 그러려니 한 것이
이제야 당신에 손등에
솔뿌리 되어 변형되었음을

당신이 눈을 감고 편히 쉬며
떨어트린 두 손을 어루만지며 이제야 알았습니다

그 귀한 손이
그 아름다운 손보다 더 아름다운 것을
이제야 알았습니다

그 손 만져보고 싶습니다

# 구름

파란 하늘 흰 구름 졸고 있네
저러다가 떨어지면 어쩌려나
마음 졸이며 모른척한다

새털구름 곁에서 졸고 있을 때
봄바람 살며시 흔들어 깨우고
흰 구름 뭉게구름 두둥실 깨금발 뛰어보고
즐겁게 간다

심술궂은 봄바람 구름 한 무더기
산꼭대기에 올려놓고 도망가고
겁에 질린 구름 울어 흘린 눈물
산 아래 초목들 적셔준다

## 그리운 내 부모

내가 태어나 눈을 뜨고 첫 번째로 마주친 그 사람
옹알이하며 배운 그 이름 엄마, 아빠

까치가 울어 경사 있으려나 했다던 울 아버지
사랑스럽다며 목마 태우고 덩실덩실
태산 같던 아버지 어깨가 그립고 보고 싶습니다

집에 들어올 땐 행주치마
젖은 손 맞이하던 우리 어머니 제치고
달려와 숨이 멎도록 안아 주던
우리 부모님 떠난 지 오래고

너만 보면 힘이 나고 기쁘다던
우리 엄마 시름에 있다가도 엄마 하고 부르며
대문 앞 들어설 때 얼굴에 주름까지 떼어 던지며
기뻐하던 우리 엄마 오늘따라 사무치게 보고 싶습니다

혹여
우리 어머니 날 보고 있나요?
무어라 말이라도 해주면 좋으련만
이렇게 미치도록 그립고 보고 싶어
나도 엄마 되어 늙어가니
내가 사랑한 우리 엄마 너무나 보고 싶어 미칠 것만 같고
가슴이 미어져 미친 듯이 뛰쳐나가고 싶은 이 마음
뭐라고 말이라도 해주세요

## 대답

울부짖는 파도에 모든 것을
던져 버린다
많은걸 보내고 버린다
어둠이 지워 버리며
모든 것을 잊으라 한다

그래서 묻지 않으려 오늘을 버린다
내일의 아침이 찾아와 날 깨우면
또다시 그렇게 시작은
다시 되풀이 될 것을 알고 있다

미움도 아픔도 버리고 뒤돌아서니
바람은 날 밀어 가라 한다
잔정 고운 정
다시 내게 많은걸
숙제로 남기려 하나
아침이 날 깨워 물으면
대답할 것이 없을 것만 같다

## 겸손한 5월의 여신

누군가는 오월의 장미를
아름답다고 극찬을 한다
꽃에 아름다움을 여인에게 비유하며 칭송한다

제 아무리 아름답다 한들
장미를 압도하는 산당화를 능가하리
옛날 옛적부터 아름다워
태어난 딸의 이름을 지어 부르게 하였으니
그 아름다움 짐작할만하다

너무 아름다워 아가씨 꽃이라고도 불리고
그대로 멈춰줬으면 한다는 그 아쉬움의 꽃,
겸손한 그 자태 아름답다
산당화에 아름다움 그대 이름 명자꽃

# 오늘을 산다

한바탕 정신 잃은 채 끼니도 버리고
날 몰아세운다

바쁘게 산다는 게 나를 억제하고
보이지 않는 번민의 고통을
치유하기 위함일 수도 있으련만
꼭 그런 것만도 아닌데

눈을 뜨면 목표 없이
가랑비를 벗 삼아
밭둑에 구릿한 발자국 남기며 걸어본다

어디 살다가보면 가슴 훔치는 날 없겠는가
멍든 가슴 토해 내고 나서 하늘을 보면
뻥 뚫리는 걸 알 수도 있다

오늘도 산발치에서 나를 기쁘게 할
한 아름 일거리를 가지고 와서 행복을 느껴본다
이것이 정녕 행복하게 사는 것인가
가끔은 생각에 잠겨본다

바람도 스산하게 부는 오늘 밤엔
가로등 불빛마저 외로워 보인다

# 4월은 가는데

4월의 밤
개구리 슬피 울고
지나는 자동차 소리쳐 바람 가르며 달리는 저녁은
고단한 듯 조용히 잠을 재운다

심술궂기도 하더니
계절의 순리 어긋나지 않게
시간은 천천히 데리고 간다
빠르게도 지나는 하루는 봄이란 이름으로
머물기를 거부한 채 이별을 청한다

달음질 쳐가는 시간 속에 나도 초침 되어 망각한 채
오늘을 또 보내며 살 수 있는 여유마저도 박탈당한 채
또 한 끼니 때우고
내일을 펼치려 봄밤에 나를 맡겨본다

나비 찾지 않는 봄꽃은 피고 지고
붉은 영산홍에 늦봄을 달래주며
오월의 여신을 맞이하려는가 보다
내가 여신인 걸 계절은 왜 모르고
찾는 벌마저 거부한
봄꽃의 미소는 쓸쓸하기만 하다

# 오월

계절의 여왕 꽃다발 받아들고
기뻐하며 좋아한다
새하얀 부케 한 아름 안고
향기 털어 바람에 날리는 아름다운 신부는
미소 가득 머금고 춤을 춘다

철쭉 붉은 숲에 목 놓아 울던 소쩍새
행복에 젖어 달빛 쳐다보며
두 눈에 눈물 굴러 떨어진다

어쩌면 이 기뻐하는 신부가
오월의 여왕인가
아침이 오면 이슬에 젖은 채
반겨줄 여왕들
나에게 아침인사 한다

# 석양

오늘이 내게 말을 걸어왔다
행복했냐고
말 못 하고 고개 떨군 채
땅바닥 발로 툭툭 차며
머뭇거릴 때 물었다

나뭇가지에 걸터앉은 석양이 환하게 웃으며
'안녕'하며 말을 하고
한 눈 팔다 떨어져 버렸다

한마디 말도 못하고 속으로 되뇌어본다
오늘은 그렇게 여운을 남긴 채
얼굴 붉히며 서산 넘어 사라지는 석양
한참을 바라보며 돌아서 온다

오늘이 내게 말을 한다
내일은 행복하라고
기다림 없는 기다림에
나를 오늘이 찾아온다

## 봄과 여자

화사한 날씨 무거움 벗기고
얇아진 옷 속살을 훤히 비춰
자랑하듯 거리를 활보한다

내리는 빗줄기 촉촉이 적시고
갑자기 부는 바람 옷자락 들추며 맴돈다

으스스 추운 날씨
온몸 움츠리며
곱게 화장한 얼굴 찌푸리고
눈가에 잔주름 방긋 미소 짓는다

애써 감추려 하는 모습 애처롭지만
봄은 여자의 계절이나
변덕스런 날씨 또한 여자다

## 모내기

오월의 뜨거운 태양 이글거리며
삼복의 땡볕보다 더 뜨겁다

구구대던 산비둘기마저 졸고 있는 한낮에
논배미에 늘어놓은 푸른 잔디 실바람에 춤을 춘다

논배미 모락모락 김이 피어나는 아지랑이
햅쌀밥에 김 나듯하고 허기진 배
김치 한 조각 막걸리 한 사발에 배부르지만
꼬르륵하는 뱃속 달랠 길은 없다

흙탕물 고인 논에 푸르름은 심어져 개구리 놀이터 되어
해질녘에 목청 높여 노랠 한다

## 지친 몸

바람마저 잠자리 찾는 이 밤
구름은 달 덮어 재우려는데
풀벌레 새어나오는 빛 바라보며
우는소리 고요히 밤을 깨운다

막연함에 무력해지는 듯
지난 시간들 어디로 가버렸는지
돌아올 길은 없는데
자꾸만 길고 어두운 터널 속으로 빠져들어
홀로 쓰러져 잠이 든다

부딪혀서 환희를 만끽하려면
어두운 밤에 고요처럼
숨죽여 있어야 하나
기다림은 슬프기만 하고
돌아오리란 빈 약속에 지쳐 주르륵 눈물만 흐른다

나약해져 떨어지는 나뭇잎 같은 인생이라
병든 고목이 여기 있지 않은가
달래어 본다

# 새싹 쌈

지난가을 사랑을 정성 들여 심어놨는데
따듯한 봄은 왔건만 새싹은 나오질 않고
기다림에 초조함만 더해가고
밤은 잠을 재운다

너무나 톡톡 영글고 아름다운 사랑
그 사랑에 씨앗을 심었는데
오는 봄 싹이 틔우고 나면
사랑받을 것인데
활짝 웃는 아름다운 모습에
기뻐하는 날들은 계속될 것이다

고운 정성 들인 사랑이었는데
밤에 쥐가 물어다 먹었나
길 잃은 기러기
내 사랑 씨앗 캐내어 누굴 주었나
사랑의 새싹은 나오려 하질 않고 애만 태운다

# 꽃

피고 싶어 폈냐
지고 싶어 졌나
난들 어찌해요
날 사랑하며
오래도록 곁에 있고 싶어도
피고 지는 게 운명인 걸

나의 향에 취하려 하는
그 아름다운 맘 알겠지만
사랑하려 하지 마요
추하게 가야만 하는 모습
보여주기 싫으니까

시간은 날 늙게 하고
계절은 밀물처럼 닥쳐오니
어떻게 합니까

# 왜 사느냐

높고 높은 하늘
청명하고 아름답지만
사는 게 무엇인지 모른 채
살아야 할 때가 있다

새하얀 토끼 구름
두둥실 떠 있고
구름 속에 찬란하게 빛나는 저 빛
축복의 빛인가 보다

왜 사느냐고 물으면
무어라 대답을 해야 하나
답이 없는 삶을
억지로 사는 건 아닌지
뒤돌아 나의 뒷모습 물어보려 해도
자꾸만 도망한다

# 이른 아침

푸르른 세상은 캠퍼스에 그림을 그린다
밤새 초록이 흰 꽃이 되고 노란 꽃이 되어 선을 긋는다

떨어지는 눈물은 아침이슬 되어
순진한 맑은 미소가 번져 빛을 내며 수줍어한다
조심히 다가서서 바라보니 놀라 겁에 질린 채 떨어져 버린다

아침 바람만이 휑하니 뼛속을 후비고
길 떠난 님은 온데간데없고
잠들어 깨어나질 않는 육신은 너부러져
지우개로 기억 속의 남은 찌꺼기를 지운다
미련의 잔재들을 털어내며
밝은 햇살에 비춰보며 날 토닥여본다

## 아카시아

오월의 청보리 숨겨진 사랑에 머리 내밀어
밭둑 넘어 종달이 속삭임에 귀 기울인다

청색 교복의 새하얀 카라에 내려앉은 사랑의 향기는
주황의 사내들 뒤따라오며 휘파람 불어 바람 타고 춤추는 곳
오월의 청보리밭 둑에 향기 짙은 부케 아가씨
수줍어 어쩔 줄 모른다

깊은 사랑의 향기
바람은 불어다 십 리 밖에 데려다 놓고
살며시 가버리는 야속함에 벌떼 날아와
하늘 높이 흰 구름 위에 올려다 놓고 간다

# 밤꽃 피는 유월은

아카시아 하얀 꽃 지고
달콤한 향기 그리워할 때쯤
밤꽃은 피어 유월의 장미와
향기 날려 보낸다

이따금 부는 바람
짙은 향기 몰아와
코에 집어넣고
킥킥대며 휑하니 지나고
저만치 숨어본다

밤꽃 향기 진하고
석양 짙은 저녁나절
코끝에 서성이며
떠나려 하질 않는다
푸르른 잎새 사이 하얀 밤꽃
짙은 향기 날려 보내며 웃는다

## 소녀

더위에 잠 설치고
밖에 나와 밝은 달 바라보며
지난 시절 즐겁던 생각에 웃는다

팔짱을 끼고 마당을 천천히 돌아보며
나를 바라보는데
달빛 그림자, 자꾸만 따라오며
날 쳐다본다

나이 많은 어린 소녀는
날마다 행복이 쌓여있고
무엇이든 사랑할 수가 있음에
감사함을 느껴본다

## 갖지 못할 꽃

지나는 길에 아름답고 향기 짙은
한 송이 꽃 꺾으려 하지 마라
그 꽃은 너의 것이 아니라네
정작 주인은 따로 있는 걸

오는 이 가는 이 모두가
향기를 맡을 수 있는 것을 꺾으려 마라
남몰래 꺾은 한 송이 꽃
그 향기 오래가지 않아 시드는 걸 모르고

어디에 가든 어느 길이든
주인 없는 꽃은 없고 향기 없는 꽃도 없다네
그 향기 바람은 멀리까지 배달하여
그 꽃 찾아와 향에 취해 가는 것을

그 향기 그립거든
오가며 향기에 취해서
마음 속에 담아 곁에 두면 될 것을……

# 행복한 밥상

소박한 밥상의 저녁
그래도 행복하고
나름 배부른 저녁
오늘 저녁은 천천히 음미하며 먹어본다

소박하지만 행복한 저녁 밥상
씹는 느낌은 기쁨이었고
함께 뜨는 한 수저도 기쁨이었다
행복은 소박한 밥상의 수저 위에 있었다

## 이슬

안개를 끌어안고 속삭인다
뜬눈으로 밤을 지새우고
지나는 발걸음에 푸른 구슬 터지며
발등 적신다

아침 바람 초목 흔들어 숲을 깨우면
산새 침침한 눈 비비며 일어나

안개는 풀숲을 끌어안고
늦잠에 날 밝는 줄 모른 채
아침 해는 깨워놓고
이슬 맺힌 풀잎
영롱하게 미소 짓는다

# 밤

희미한 가로등 밑에 안개 속
밤늦은 길모퉁이
긴 한숨에
밤벌레 숨을 멈추고
질질 끌며 걷는 발걸음
무거워 떨어지려 하질 않네

누구인들 그 심정에
말 못할 그리움을 알 수 있으리
비틀거리는 밤 혼자서
이 골목 저 골목 거닐며
시간을 불태운다

# 꿈

하루의 고단함에 망가지고
매질에 아파하는 몸뚱어리
하루의 벽을 찢고 나와
고뇌 속에서 한발씩 걸어본다

차라리 날고 싶다

몸 밖으로 쌓인 피로 베어내고
스멀스멀
겨드랑이 벌리고 날갯짓해본다
공기에 올라타 날아오르는 꿈을……

## 산촌

밤새 내린 이슬
초목의 아침 밥상
풀잎에 내려앉은 이슬
보석 반지 끼고 좋아한다

누렇게 익어가는 보리는
짧은 생의 고단함을 말없이 보여주며
기력 다하여 지쳐 쓰러지고

한낮의 뜨거운 햇살
초목에게 젖을 물려 키우고
산비둘기 구구대는 한낮의 뜨거움
산촌의 푸르른 희망

## 망초꽃

기름진 양지 모두 내어주고
척박한 땅에 옹기종기 모여
힘겹게 피어나

살바람에도 흔들거리며
누구의 사랑도 받지 못하고
외로이 피어있는 망초꽃

끈질긴 생명
짓밟혀도 굴하지 않고 꿋꿋하게 홀로서서
불어오는 바람 보듬어 안아
웃음 지으며 새벽이슬 맞아
기뻐하는데

아픔은 덮어주며 기쁨은 나눠주고
화해의 따뜻한 손은 보듬어
내일의 빛이 되길 바라본다

## 산딸나무꽃

고운 꽃잎 뒤에 감춘 자식들
등에 붙어 너울거리며 잠이 든 꽃
희생 속에 자라는 생명은
잉태하여 모성을 배우는가 보다

뜨거운 한낮의 햇볕 품어 앉아
아름다움에 한 번쯤은 다시 되돌아보며
하늘 아래에 흰 선녀의 머리띠 되어 노닐고
구름 가린 밤과 벗하며 잠들지 않는 모습에
아름다운 깊은 밤 춤을 춘다

희생의 잎 같이 아름다움의 꽃을……

## 복분자

태양은 밝게 웃으며 분주한 하루
몸 따로 마음 따로
바람은 살며시 내려앉아 요람 되어 흔들어준다

붉은 얼굴에 까만 눈동자 빛이 날 때쯤
그 바람은 다시 찾아와 멀뚱 바라보다 돌아설 것이다

찬 서리 내리기 전 아름다움에
나는
검은 눈동자

# 찔레꽃

기다림에 지칠 줄 모른 채
떠난 님 기약 없고
밤이슬에 흘리는 눈물 되어
발밑에 질척하게 젖은 채
기다리며 목 길게 빼고 서성인다

그리움에 애가 타
고독한 바람 지난다
십리길 내려놓고 뒤돌아보며 간다

희미해져만 가는 기억과 눈
말없이 부르는 진한 향기 따라
돌아오리란 막연한 기다림에
어둠은 토닥이고
구름 속에 숨은 달도 흐느낀다

한 아름 내 안에 피어나는 찔레꽃

# 뒹구는 낙엽

고단함이 짓누르고
온몸 무거워 움직이질 않고
머리 속의 생각은 자꾸만 나를 내몬다
푸르던 잎 윤기 잃어
빛바래 떨어지듯이

이 몸 낙엽 되어
산들산들 부는 바람에 주저하는 고픔
떨어져 뒹구는 잎새와 다를 게 무엇이fi

저만치에서는 날 오라 손짓하건만
뒤따르는 그림자 잡아당기며 쉬라한다
주저앉아 신발 벗어 땅바닥에
툭툭 치며 털어 봐도
떨어져 나오는 것도 없는데
찌르는 무엇이 있나

나뭇잎 하나 떨어져 뒹굴며
나보고 뭐라 하는 것 같은데
밤은 자꾸만 깊어가고
너울너울 강물에 비추는 조명은
밤을 밝히려나 보다

## 중년쯤엔

잠은 잘 수 없음은
무엇인가가 잠 못 이루게
또아리 틀고서
몸부림치는 게 아닐까
실체라도 봤으면
마음속에서 괴롭히는 그 누구를

막바지 마지막 주자로
아무도 없는 텅 빈 운동장에서
일등도 아닌 꼴찌도 아닌
달음질에

달리기가 끝나면 마음뿐이고
그리움뿐이겠지
마지막 달리기가 이리도 힘들 줄은
떳떳하지 못하고 환영받지도 못하는
숨 가쁘게 심장 뛰는 소리만 요동치는
슬픈 때늦은 중년의 달리기

마중하는 이도 숨어서 몰래 잠깐 반겨주는 이도
둥지로 되돌아가야만 하는 중년의
바보 같은 사랑

# 생각

천천히 산에 길을 만들어 걸어본다
뜨거운 한낮에 숨이 막히고
축 처진 풀잎엔 한 가닥 희망을 안고 있다

소나무 숲 사이사이 걸으며
솔향 짙은 내음이 나를 안아
맑게 해준다

조용한 산책에 산새의 노랫소리
뜨거움을 식혀주려는가
가시밭 사이 헤치며 불어오는 바람

등 뒤에 조용히 안아 시원함을 주며
초록의 진한 향 가져다주고
길 내려간다
언젠가부터 쫓기듯 살아가는 나
여유를 점점 잃어버린다

# 오디

검게 변해버린 모습엔
누구도 찾는 이 없고 친구조차 없이
하루 종일 가지에 매달린 채
그네를 탄다

산새마저도 지나치고
이글거리는 태양은 나를 더 진한 검은빛으로 만들어놓고
푸른치마 그늘에 숨어
파란 하늘 바라본다

와자지껄 모여든 사람들 손끝에 물들이고
나의 검붉은 입술엔
눈물 배인 채 좋아하지만
떨어져야 하는 아픔 끈끈하게 흐르다

# 의지

울타리 없는 집엔 언제나 바람이
지배를 한다

작대기 없는 지게는 홀로 서 있을 수가 없다
보잘것없이 약해빠진 작대기지만
지게는 작대기에 의지하며
서있어야 한다

서로 버티며 받쳐줘야 하는 것이
인지상정(人之常情)

혼자 행하려 함은 큰 죄악과도 같다
혼자란 무모한 삶에 대한 도전이고 싸움이다
패배의 끝엔 혼자만이 남아있다

## 참 좋은 당신

내게 소중한 사람 참 좋은 당신
넉넉하게 안아주는 아름다운 사람
내게 소중한 사람
편안하게 어루만져주는 당신

속상하다가도 마주할 땐
태산처럼 크게만 느껴지고
팔베개에 포근히 안겨 살아온 시간

항상 고맙고 감사한 사람
바로 내 남편
그런 당신을 사랑합니다

# 가난뱅이

마주 보며 웃던 사람들
빈손에 초라해져만 가고
외면하지 말아라

달랑 지팡이 되어 내어주고
눈먼 장님 되어 이리저리 따라 흉내 낸다
난 지팡이 되어 길을 안내하며
그댄 곁에서 벗하며 함께하려는가

모두 잘 났다고 으스대며 욕심껏 채우려
경쟁하며 상기된 모습
달랑 지팡이 하나 뿐 빈털터리라라네
그래도 함께 벗하며
가려 하지 않으려는가

# 마음

보고 싶지만 갈 수 없어
멀리서 소리 쳐도
듣지 못하며 마음으로만
말을 하니 답답한데
힘들어 쉬고 싶어도 쉴 수 없는 건
욕심인가

시간은 날 위해 배려 해주려나
눈에 보이는 것처럼
살아갈 수 없지만 마음으로
주고받는 말이라도 하며 살았으면 좋으련만

마음의 말을……

# 세월

생각하는 것조차 굳어버린 시간
아직도 가슴 구석진 곳에 뿌리는 살아남아
희미한 영상은 흐르고

잠든 머리 뜬눈으로 지새우며

기억 속 나지막이 그 목소리
늘어나는 주름 속에 고여 흐르는 물

이마에 부슬부슬 찬비는 내리고
빗소리 사이 들려오는 목소리는 저만치 헤매고
흰머리에 안개는 내려앉는다

## 소식

잘 있었는지 별일은 없었는지
인사를 하며 안부를 물어본다
때론 궁금하기도 하고 보고 싶기도 하고

언제나 아무 때나 볼 수도 갈 수도 없어
대신 전해보는 수밖에
차츰 멀어져만 간다
멀어져가는 뒤편에서는
몽실 몽실
안개만 피어올라 희미하다

안개 걷히고 나면 꽃은 피어있고
바람은 안부 묻고 간다
흔들거리며 끄덕이는 꽃
그렇게 대답을 한다

# 행복

기다려지고 설레는 진동은
머릿속에서 잔잔히 울려와
마주한 시간은 짧고
떠나갈 시간은 길었다

낙락장송 되리라 믿었던 혼자만의 약속은
들녘에 잡초가 되어 행복은 언 땅 녹아 힘겹게
태어나는 새싹일 테고 다 자라나면
귀찮은 잡초일 뿐인데

가쁜 숨 몰아쉬며 허공을 가르듯
기다림은 부질없는 것이었다
또 다른 생명을 머금고
새롭게 다가올 그 날을 막연히 기다린 것이다

## 가슴에 우는 파도

울지 마
울지 않으리라 다짐했건만
그런데 또 운다
하얀 눈물을 내뱉으며 흐느끼고
울지 않으려는 맘
저버린 채 운다

품속에 바다는 갯바위 밀어내려고
머릿속 아픔을 부딪쳐 아파하며 운다

지는 해도 슬프고 가여워서 화가 잔뜩 난 채 얼굴 붉히면서
바다에 들어가 담판 지으려나
들어가서는 나올 줄 모른 채
그 품에 안겨
잠이 든다

노을도 울어 붉게 물들이고
슬퍼 우는 마음의 파도는
아픔 달래고
어둠은 덮어 재워 토닥여준다

이게 사랑인가!

## 청포도 익으면

삶이 버거워 고향을 찾을 때
눈앞에 아른거리는 모습
마당에 서성이는 인자한 그림자

안마당 들어서기도 전에
본능처럼 두리번거리며 무엇인가 찾는다
늦봄 개울가에 하얀 미소 머금고 감꽃 필 때
뙈기밭 호미질 하던 뒷모습 태산보다 더 커 보였건만
삼복더위 높은 하늘 별빛 쏟아질 때 밀집 방석 누워
치맛자락 덮고 모기 쫓아주던 손은
둥근 달만큼이나 컸는데
시간이 다 됐다며 급히 떠나야 했던……

인연은 여기까지인 거야,
명치에 묻어둔 한 조각
마음속에 한마디 남겨 놓은 채 긴 여행에 승차하고
푸른 잎새 아래 탐스러운 청포도 사이 달빛 떨어져 내리면
하늘빛 저고리 별빛 되어 내게로 소풍 오시는가
청포도 알알이 인자한 그 모습 아른거린다

## 소쩍새 우는밤

어둠은 산 중턱 내려오다
나뭇가지에 걸려 오도 가도 못한 채
발버둥을 치고 잃어버린 임
애절히 부르는 소리

풀잎 뒤에 숨어
잠들려는 메뚜기 게슴츠레
눈 껌뻑이며 가슴 저려 소쩍새 우는소리
애절함에 눈물 훔친다

검은 구름 이불 되어 별들 덮어 재울 때
애가처럼 들려오는 나지막한
속삭임에 슬피 우는
소쩍새의 목멤에 졸고 있는
노송(老松)도 흐느껴 운다

# 긴 기다림

조금만 더 잠깐만 더 있어
비 그치길 나가려 준비하고

나무 위 산새 텃새 소리 내질 않고
숨죽여 내려다본다
언제나 나오려나하며 긴 기다림

무엇인가?
옳거니, 알았다

젖은 풀 흙 속에 꼼지락꼼지락
개구리 비 피해 움츠리고
풀벌레 잎 뒤에 매달려 비 그치기만
기다리며 나가려 준비 중

배고픔에 밥 생각
배에선 *꼬르륵꼬르륵*
비는 그칠 줄 모르고

# 바람

달려와 밀어내듯 떠밀어내고
머리 헝클어놓고 옷 속에 들어가
이리저리 돌면서 어루만지고 가버린다

또 다시 달려와 슬그머니 몸속으로
들어와 얄궂게 하고 슬그머니 가버린다

이리저리
눈 속에 들어가 눈물 퍼내어 흐르게 해놓고
보이지 않게 자기 집 인양
왔다가 가버린 그림자마저
배신하며 가버리는 무정한 당신

바람

# 등대

흠뻑 젖은 바다 선창 때리며 울부짖는 파도
정수리 때리며 쫓아오는 빗줄기
젖은 몸 터느라고 퍼덕이는 갈매기 긴 한숨 쉰다

먼 바다에 떠밀리며 달음질쳐 돌아오는 뱃고동 소리
내리던 비 멈추어선 채 물끄러미 바라보며
무사귀환(無事歸還) 기다림
항구로 돌아오는 젖은 깃발 펄럭이지 못한 채
부두의 묵상에 불을 밝혀 맞이한다

내리는 비, 몸 감아 적시고
어둠을 밀어내며 다가와
수평선 하얀 직선을 그을 때 항구에 정박한 몸
품에 안긴다

# 밤비

밤비가 내린다
소리치며 내리는 비
초목에 흘린 땀
찌든 몸을 씻어 주려
나뭇가지 흠뻑 젖어 뚝뚝 떨어진다

이 비가 멈추면 잎새는
더위에 축 처져 가끔 찾아 주는
바람의 등에 올라타 몸을 식힐 것이다

새색시 나들이 꼬까옷 갈아입고
마실 가듯이 푸른 잎
너울너울 치맛자락 나부끼며
매미에 그늘 되어 품어 안고
뜨거운 햇볕 가려줄 것이다

밤비는 지친 산천에 초목을 재우려 내리나 보다

# 비

조용하기만 한 어둠 속 가로등
고개를 숙인 채 내리는 비에 젖어
오도 가도 못한 채 흐른다

묻어둔 해결 못한 그리움
내리는 비에 씻어야 하나, 젖어야 하나
기억 속에 튀어나와 되돌리려 할 땐

관심에서 멀어져 마음 한 결
골방에 넣은 채 지우려 머릴 흔들어보고
빗물에 물어본다
사랑을 해도 되느냐고
들리지 않는 대답은 어둠을 적시는
비는 말을 한다

주르륵
주르륵
어둠을 헤치며

# 눈

연타래 풀리고 바람은 멀리
연실을 물고 날아간다
하늘 높이 올라간 연실 끊어져
바람 등에 업고 내려온다

찔레나무 가시에도
걸리지 않고 소나무 가지에도
걸리지 않고 사뿐히 내려앉는다
줍기만 한데도 내려오는 모습
한참을 바라보노라면
나도 따라 함께 날아 내리는 듯하다

한참을 내린 연실
온 대지에 내려 실 바구니에
쌓이듯 수북이 내려 폭신함
뽀드득 소리를 내는 것이 한여름
장마철 개구리 울음소리 같이 들려온다

실 뭉치 뭉쳐 나를 만들어본다
우습기만 하고 몸에 땀이 흥건하다
바람에 날리는 흐트러진 실
계속해서 내리고 어둠 속에
온통 하얗게 물들어있다

## 늦장 피던 귀뚜라미

아침이 열리는 소리가 들린다
빗장을 열고
창밖에서 이슬 안고 다가온다

뽀송뽀송 하게 웃으면서
귓전에 일어나라며
나지막이 불러 깨운다

게으름 피우자며
매트리스는 최상의 안락하고 편안함을 제공한다
품에 끌어안고 싶어서였나보다

자꾸만 다가와서 부른다
들릴 듯 들을 수 없게
조용히 숨죽여서

뒤꼍에서 밤새 늦장 피던
귀뚜라미 열심히 부른다
삐리릭, 삐리릭
또르르, 또르르

왠지 자장가처럼
들린다
곤한 육신을 쉬게 하려나……

## 첫 키스

숨이 턱하고 멎을 것 같아
등줄기 타고 흐르는 땀
뜨거운 입김에 정신이 혼미하다

거친 수염이 준 짜릿한 쾌감에
심장이 요동치며 달려간다

온몸이 스미는 몽롱함에
내 영혼은 촛농처럼 녹아든다

## 그리운 나의 어머니

희미한 등잔불 켜놓고 곁에 재워 새벽녘까지
설빔을 장만하시던 당신
사춘기에 최고인 줄로만 알았고
변형되어가는 모습 뒤로하고

사랑이란 보이지 않는 것에 그 마음 헤아리지도 않은 채
당신을 버리고 낯선 가문으로 들어와
그 가문에 자물쇠 잠긴 채
이따금 그리운 생각에 찾아
깊은 말씀 새기고 뒤돌아서는 철부지
그런 나를 점으로 보일 때까지 배웅하며
눈이 아파 흘러내리는 눈물 훔치며
가슴을 쥐어짜며 어여쁜 내 자식 빼앗겼다 하며
속으로 울면서 행복 하라며 위안을 하던 당신
그런 당신을 지금 내 가슴에 담아두고
마음으로만 꺼내봅니다

그때는 몰랐던 나, 이맘때면 유독 더 그리워지고 보고파
홀로 마음속으로 꺼내보며 불러봅니다
당신에 이름을 어머니!

이젠 나도 그런 당신의 뒤에서 느린 발걸음으로 당신을 따라갑니다
사랑하는 나의 어머니!
사랑에 자물통이 잠긴 채 그때는 몰랐습니다

# 큰 며느리

시어머니도 아니면서 시어머니요
큰며느리도 아니면서 큰며느리요

사랑에 계산 없이 남의 가문으로 들어와
며느리가 되었고
싫어도 말할 수 없었고 좋아도 소리쳐 웃을 수 없었던 세월
이젠 변형되어가는 모습을 보면서
한숨도 나오고

사랑이 이리도 호되고 무섭고
대가를 내야 하는 줄은
이젠 어쩌랴
서산에 지는 해 되어가는 것을

속에 넘쳐흐르는
말 못 함을 주워서 이놈의 속앓이를 알아주리

이름 잊어 누구 엄마로
누구의 부인으로
새로운 이름 얻어
날개 잃은 새가 된 것을

## 모면

지우개로 깨끗이 지운다 한들
그 흔적까지 지워지랴
애써 감추려 하지 마라!
그 모습 보인다

입을 깨끗이 닦고 칫솔질 이빨 닳도록 한다하여
뱉은 말 닦아지려는
어리석음 닦으려 하질 않고
보이는 입만 닦아대니 한심스럽기 짝이 없구나

비질에 나는 먼지는 잠시 일고
가라앉겠지만 피운 먼지
날아 없다 한들 그 흔적까지
날아 없어지랴 뒤에 보인다

겉모습 화사하고 웃지만
속엔 검은 그림자만 우글거리고
뒤돌아서 변해버리는 모습
떠가는 구름과도 같구나
흩어진 구름 다시 뭉치길 바라는
마음 한심스럽다

## 누구신가요?

봄에 회오리 같은 바람
온몸 휘감아 돌고 몸속 깊은 곳까지
파고들어 가 성추행하고 달아나네요
글쎄~~'

어찌하오리까? 이 수치스러움
어느 기관에 신고해야 할지 말지는
심사숙고를 해야겠지요?

나는 어떻게 하라고 나를 그리도
겁탈하고 달아난 봄바람
깨어나 꽃피우라 그랬을까?

# 오늘

어둠을 지고
그림자에 넘어지며 오늘을 보낸다

산새의 몸부림 부지런도 한데
아직은
그림자 숨어있다

달밤에 저 개구리들이 우는 까닭은 고향 그리워 울고
달밤에 울어야 하는 연유는
그리움이 잠을 자려 하기 때문일 것이다

# 마늘

호미 끝에 대를 이은 뿌리는
우지직 소리와 쓰러져
식솔들 우왕좌왕

하늘도 노하셨나 잔뜩 흐려
천둥에 고함 소리 떨어질 듯하고
바람 달래어 구름 저만치 보내
평온이 온 듯

가문의 대를 잇기 위함이 무모한 것인가
한순간에 쓰러지는 밑에는
사리같이 녹슨 구술 튀어나오며
참았던 긴 숨 몰아쉬며 땅에 뒹군다

철부지 시절, 어린 마음속에 움트는 꿈은 주체할 수 없었다.

걸음마를 배우며, 또 세상에서 늘 새로운 걸음마를 배우며

내 자신이 신기하게 쓰러지지 않는 것에 대한 환희의 꿈을 꾸었다.

언제나 '이렇게 일어서 걸을 수 있다'라는 생각을 했다.

한 발, 한 발 발걸음 옮길 때마다 하고픈 수많은 말들,

억누르지 못한 채 흉내를 내며

한 자, 한 자씩 익힌 글이

나를 세워놓고 더 멀리 갈 수 있게 내 안의 열정이 되었다.

도서출판 그림책에서 귀하의 출판을 도와드립니다!!!
어떤 분야의 책이든 도서출판 그림책을 거치면
책의 품격과 가치를 높여 드립니다.

연락처 TEL(010)2676-9912 / khbang21@naver.com